# Nos actes manqués

Dramatique

Geneviève STEINLING

# Nos actes manqués

Dramatique

Copyright © 2022 Geneviève Steinling
Tous droits réservés.

Edition BoD Books on Demand.
12/14 rond-point des Champs-Elysées, 75008 Paris
Impression : BoD - Books on Demand, Norderstedt. Allemagne

ISBN/978-2322395804
Dépôt légal : avril 2022

À Guillaume
À Merrick

**1 seul PERSONNAGE**
- La mère *(la soixantaine)*.

**<u>Voix off :</u>**
- Le fils.
- Bernard, le voisin.
- Maryse, la voisine *(téléphone)*.
- Catherine, l'amie *(téléphone)*.
- Le livreur de fleurs.
- Voix d'enfants.
Chanson *(refrain uniquement)* :
« Les roses blanches » *(paroles de Charles Louis Pothier, musique de Léon Raiter.)*

**<u>DÉCOR</u>**
- un salon lambda avec une fenêtre sur rue.

**<u>ACCESSOIRES</u>**
- Une table dressée + une desserte garnie.
- Vingt bougies.
- Un poste radio.
- Un miroir.
- Un carton avec des photos.
- Un cadre avec photo du petit-fils.
- Un téléphone.
- Des roses blanches.
- Une peluche à musique.

# PIÈCE EN UN SEUL ACTE

*Sur scène :*
*Une table de fête dressée avec 3 couverts.*
*Une desserte garnie.*

*La mère entre habillée en robe de fête.*
*Elle se regarde dans la glace, sourit.*
*Elle semble heureuse.*
*Elle allume le poste : « Les roses blanches. » (Refrain.)*

## CHANSON
C'est aujourd'hui dimanche
Voici des roses blanches
Toi qui les aimes tant.

*La mère sort.*
Va quand je serai grand
J'achèterai au marchand
Toutes ses roses blanches

*Elle entre avec un vase garni de roses blanches fanées.*
Pour toi jolie maman.
*Elle éteint la radio.*

**LA MÈRE**
Mes fleurs préférées.
Les dernières que tu m'as offertes.
Elles peinent à tenir la tête haute mais elles sont toujours là.
Aujourd'hui, c'est ici qu'elles doivent être.
*Elle les pose au centre de la table.*
Voilà ! Très bien.
Et puis aussi…

*Elle s'approche du buffet.*
*Vingt bougies sont posées l'une à côté de l'autre, dix-neuf sont à moitié consumées.*
*Elle les compte lentement jusqu'à la dixième puis compte très vite les neuf suivantes, elle s'arrête sur la vingtième toute neuve.*

Et de vingt !
*Elle pose la bougie au milieu de la table.*
Aujourd'hui, ça fait vingt ans… Vingt ans !
Vingt ans que j'allume ce jour-là une bougie.
Une bougie va brûler toute la journée…
*Elle l'allume.*

*Changement de ton.*
Allons, allons, aujourd'hui c'est jour de fête.
Et fête est synonyme de joie.
D'espoir aussi.
Et maintenant…   Ma boîte à souvenirs.

*Elle sort et revient avec.*
Mon amie fidèle.
*Elle fouille dedans, joyeuse.*
Tous ces souvenirs que je ressuscite chaque année en ce jour si spécial.

*Elle sort des photos qu'elle commente.*
Là, tu venais de naître.
Ta toute première photo.
Ton premier cri.
Mon premier mot d'amour murmuré à ton oreille.
Tu as reconnu ma voix, celle qui te parlait quand tu étais là… là.
*Elle touche son ventre et remonte sa main sur son cœur.*
*Soupir.*
Tu étais beau… Si petit… Si fragile.
J'ai senti ton cœur battre contre le mien.
Tu étais là, bien là.
Bébé d'amour.
« Mon » bébé d'amour.
*Un temps de souvenir heureux.*

*Elle continue à sortir des photos.*
Et là ! Tes premières carottes.
Là ! Tes premiers pas.
Tes premières bosses.
Tes premières écorchures.
Tes premiers chagrins.

Toutes ces premières fois…
*Un petit silence. Elle se souvient.*
Quand je repense à cette première fièvre qui n'arrêtait pas de monter…
J'ai cru que j'allais te perdre.
C'était aussi une première fois pour moi, la première fois que je tremblais pour quelqu'un et ce quelqu'un, c'était toi.

*Elle sort une photo.*
Là, ta rentrée en maternelle.
Notre première séparation.
Quand la cloche a sonné, tu as pleuré.
Je luttais pour cacher mes larmes mais je devais me montrer forte pour deux.
Alors, je t'ai raconté une histoire…
Une histoire pour t'apaiser et aussi pour m'apaiser.
C'était l'histoire d'un bébé kangourou qui refusait de quitter la poche qui le gardait bien au chaud. Il grandissait et devenait de plus en plus gros jusqu'au jour où il s'est retrouvé prisonnier à l'intérieur.
Madame kangourou l'a aidé à sortir, elle l'a enlacé de ses grands bras. À cet instant, il a compris qu'elle ne l'abandonnerait jamais.
« Comme moi, avais-je ajouté en te serrant dans mes bras, je ne t'abandonnerai jamais. »

Combien de fois, t'ai-je raconté cette histoire !
T'en souviens-tu ?
Est-ce que tu t'en souviens encore ?
Est-ce que tu l'as racontée à ton fils ?

Parce que, oui, tu as un fils, toi aussi.
Oui, oui, je le sais.
On me l'a dit.
Qui ? Je ne m'en souviens plus.
C'était il y a longtemps.
C'était l'année où j'ai emménagé ici.

*Avec du regret.*
Ton fils… Mon petit-fils… L'enfant qu'il a été a grandi et jamais plus je ne pourrai recueillir ses confidences de petit garçon… Entendre son rire d'enfant.
Ton fils… Mon petit-fils est déjà presque un homme. Il a dix-huit ans !
*Se ressaisissant.*
Mais à quoi bon imaginer ce qui aurait pu être.
N'y revenons pas !
Le temps va de l'avant et ne revient pas.
Seuls, les souvenirs peuvent s'échapper du passé et revivre dans le présent.
Et des souvenirs, je n'en ai pas.
Pas avec lui.
Non. Pas avec lui.

*Elle se reprend et cherche dans le carton de photos.*
Là, là, toi aussi tu avais dix-huit ans.
Là ! Sur cette photo…
Avec ta guitare.
J'aimais bien t'écouter.
Est-ce que tu joues encore ?
Peut-être jouez-vous ensemble, tous les deux.
*On sonne à la porte.*
C'est lui !
*Elle se regarde dans la glace, remet ses cheveux en place.*
Non, comme ça, non, voilà…
*Elle tapote ses joues pour leur donner de la couleur.*
Est-ce qu'il va me reconnaitre… Tout ce temps passé… Ces rides qu'il ne connaissait pas…
Et moi ? Est-ce que je vais le reconnaître ?
L'heure n'est plus aux questions…
*Elle sort.*

**LA MÈRE** *(voix off)*
Ah c'est vous, Bernard. Un souci ?

**BERNARD** *(voix off)*
Non, non, tout va bien. Hier, quand le facteur est passé, vous étiez absente et il m'a remis ce colis pour vous. Je suis désolé, nous sommes sortis ensuite avec mon épouse et nous sommes rentrés tard. Nous avons pensé que vous dormiez. J'espère que vous n'attendiez pas dessus.

**LA MÈRE** *(voix off)*
Non. Non, je n'attendais rien.
Il n'y a pas l'adresse de l'expéditeur.
Qui m'envoie ce paquet ?

**BERNARD** *(voix off)*
Je l'ignore.
Je me dépêche, mon épouse m'attend.
C'est la fête des mères aujourd'hui.

**LA MÈRE** *(voix off)*
Oui je sais.

**BERNARD** *(voix off)*
Nous déjeunons chez notre fils. Vous aussi ?

**LA MÈRE** *(voix off)*
Non. C'est lui qui vient comme chaque année.
Au revoir.

**BERNARD** *(voix off)*
Au revoir et bonne fête des « mères » !

*La mère entre.*
**LA MÈRE**
Toujours le même mensonge.
Comme chaque année.
À force, il a fini par me croire.

*Elle regarde le paquet avec suspicion, elle le secoue.*
Bon, voyons voir ce qu'il y a là-dedans.
*Elle découvre un cadre avec une photo.*
Un cadre ? Une photo ?
C'est quoi cette farce ?
Une publicité ?
Aucune inscription.
*Elle cherche à l'intérieur du paquet.*
Non, rien.
Rien !
Aucun mot.
Une erreur ? Pourtant c'est bien mon nom qui est écrit sur le paquet.
Encore une arnaque !
Allez ! Poubelle !
*Elle le jette.*

*Un temps.*
Comment il a dit, Bernard ?
Fêtes des « mères »….
« Mère » qui rime avec « amer »…
Je me demande qui a inventé ce mot…
« Mère »… Ça sonne faux.
Aucune musicalité.
Ce n'est pas comme ça que tu m'appelais…
*Puis elle sourit.*
Tu m'appelais comme dans la chanson…
*En chantant.*
Pour toi jolie « maman »

*Avec douceur.*
Maman, c'est un mot unique.
Un mot qui ne peut pas être confondu avec un autre.
Un mot magique.
*Elle cherche dans l'espace.*
*Elle ferme les yeux cherchant à se souvenir.*

*Voix d'enfants.*
*Avec des rires :* Maman… maman…
*Plusieurs voix d'enfants.*
Maman les p'tits bateaux qui vont sur l'eau…
*Puis c'est elle qui fredonne la suite avec des lalalala.*
*Un temps.*
Maman ! Ma… man…
La dernière fois que j'ai entendu ce mot venant de ta bouche, tu avais vingt-trois ans.
*Un temps.*
Et ça fait vingt ans !

*Elle reprend la boite.*
*Et sort la photo de son fils.*
On a passé de beaux moments, toi et moi.
*Soupirs.*
*Elle reste quelques secondes à le regarder puis son visage s'interroge.*
C'est bizarre.

*Elle ressort le cadre de la poubelle.*
*Elle compare les deux portraits.*
Comment n'ai-je pas vu tout de suite la ressemblance.
Le même regard.
Le même sourire.
*Un temps.*

*Au portrait.*
Alors comme ça, tu es mon petit-fils.
L'enfant que je ne connais pas, celui que je n'ai jamais vu, ni en vrai, ni en photo.
Celui dont j'ignore tout.
Te voilà donc !
Enfin ! Enfin, je te découvre…
Enfin, je peux voir ton visage… Enfin.
*Un temps.*
Ça me fait tout drôle de te voir grand.
Tu as grandi d'un coup.
*Un temps.*
Mais attends, je veux te montrer quelque chose.
*Elle pose le cadre, sort, revient avec une peluche, tire sur la ficelle, on entend une berceuse.*
C'était pour toi.
Le premier cadeau que je t'ai fait… Et le seul.
Je l'ai toujours gardé précieusement.
Tiens ! Il est à toi.
Je n'ai jamais réussi à m'en défaire.

*Elle pose la peluche à côté du cadre.*
*Elle regarde à nouveau la photo, attendrie.*
*Elle la caresse, l'embrasse.*
*Un temps.*
Est-ce que c'est toi qui m'as envoyé cette photo ?
*Un temps.*
Sais-tu au moins que j'existe ?
*Se ressaisissant, de nouveau joyeuse.*
Où vais-je te poser ?
*Elle fait le tour de la pièce, essaye à différents endroits.*
*Elle se dirige vers le mur où il y a une fenêtre ouverte, jette machinalement un œil dehors.*

**LE LIVREUR** *(voix off)*
Hou, hou, Madame… S'il vous plaît, C'est bien ici le 23 ? Je ne vois pas le numéro.

**LA MÈRE**
*(en aparté)* Le fleuriste ? Des roses ? Des blanches ? Des roses blanches ?
*Au livreur – heureuse et toute excitée.*
Oui, oui, c'est ici, au deuxième étage.
*Au cadre.*
Après la photo, des fleurs ? Des fleurs pour moi.
*Elle attend, écoute. On entend des pas.*
Il arrive !

*Elle pose le cadre et sort.*
**LA MÈRE** *(voix off)*
C'est ici.

**LE LIVREUR** *(voix off)*
Vous êtes Madame Thibaut ?

**LA MÈRE** *(voix off)*
Non. C'est au premier.
*Elle ferme la porte.*

**LA MÈRE**
Pff ! C'était pour Maryse.
Comme l'an dernier.
Sa fille lui avait aussi envoyé des roses.
Elle m'avait appelée pour me les montrer.
Elles étaient jaunes.
Je n'aime pas les roses de couleur jaune.
*La rechignant.*
« Et votre fils, il vous a aussi gâtée ? »… qu'elle m'avait demandé… La garce !
*Elle referme la fenêtre.*
*Le cadre en main, elle lui sourit un peu tristement.*

*Son téléphone sonne.*

**MARYSE** *(voix off)*
Bonjour !

**LA MÈRE**
*(en aparté)* Déjà elle !
*Hypocritement.*
Bonjour Maryse.

**MARYSE** *(voix off)*
Ma fille m'a envoyé des fleurs.

**LA MÈRE**
*(en aparté)* Oui je sais.

**MARYSE** *(voix off)*
Il faut que vous veniez les voir, elles sont encore plus belles que l'an dernier.

**LA MÈRE**
*(en aparté)* Tant mieux.

**MARYSE** *(voix off)*
Elles sont blanches.

**LA MÈRE**
*(en aparté)* Y a des gens méchants sur terre.
*Poliment et tristement.*
Je suis heureuse pour vous.

**MARYSE** *(voix off)*
Venez, descendez me voir ! J'ai retiré une rose du bouquet, je sais que ce sont vos fleurs préférées, vous me l'avez dit... Venez la chercher.

**LA MÈRE**
Pas maintenant.

**MARYSE** *(voix off)*
Ça me ferait plaisir de vous l'offrir.

**LA MÈRE**
Je vous remercie mais je suis très occupée.

**MARYSE** *(voix off)*
Plus tard alors, je vous attends.

**LA MÈRE**
Oui. Plus tard.
*Elle raccroche.*
Je n'irai pas.
Non, je n'irai pas.
Je n'ai pas besoin de sa compassion.
Et si elle me rappelle, je ne décrocherai pas.
Elle m'énerve avec ses fleurs.
Qu'elle les garde, je n'en veux pas, d'abord on n'offre pas un cadeau qu'on a reçu, ça ne se fait pas !

*Changement de ton.*
C'est gentil tout de même de penser à moi.
*Puis revenant sur son premier sentiment.*
Je n'irai pas.
Non, je n'irai pas.

*Elle reprend le cadre en main.*
*Avec amour.*
Ça, c'est un beau cadeau.
Un cadeau que pour moi.
*Elle pose le cadre debout sur la table.*
Voilà ! Ici !

*Elle s'assied en face.*
*Au cadre.*
Tu as dix-huit ans.
C'est tout ce que je sais de toi.
Tu es beau.
Aussi beau que ton papa.
Tu respires la joie de vivre.
Comme lui dans mes souvenirs.
*Elle sourit.*
*Un temps.*

*Rêveuse et heureuse.*
Dans mes rêves, tu es toujours heureux.
Parce que je rêve souvent de toi.
Et de ton papa.

Il m'arrive de vous deviner si fort que je vous ressens.
Oui, oui, je vous ressens.
Je ne connais pas ta voix mais celle de mon fils, si, elle est restée gravée dans mon cœur.
Elle vit en moi et il m'arrive de l'entendre.
Oui, oui, sa voix me parle.
Et il est là.
Tout près.
*Un temps.*
J'ai besoin de vous imaginer pour pouvoir continuer à vivre.
*Un temps.*
Tu sais, au début, on formait une famille heureuse, ton grand-père, ton papa et moi.
Le bonheur existait dans notre vie avec de la complicité, des rires, des joies, des petites, des moyennes, des grandes.
Ton grand-père et moi, on s'est aimés.
Et ton papa a été un enfant aimé.
Si, si… Crois-moi !
Et pour preuve…

*Elle sort.*
*Revient avec un dessin.*
*Le montre à la photo du petit-fils.*
Voilà un de ses dessins.
Il avait dessiné notre famille.
Tu vois le soleil ? Là… là…

Il dessinait toujours le soleil.
Jamais la pluie.
C'est signe qu'il était heureux.

*Elle prend une photo. La montre au cadre.*
Regarde !
C'est la photo du jour de notre mariage.
Ton grand-père et moi.

*S'adressant à son ex-mari sur la photo.*
Si tu me voyais maintenant, tu ne me reconnaîtrais pas. Je ne fais pas allusion au physique, évidemment j'ai vieilli. Mais ce n'est pas de cela dont je parle.
Te souviens-tu de cette femme effacée et timide ? De celle qui vivait à tes côtés, de celle qui était toujours disponible pour toi.
Eh bien, je ne ressemble plus à cette femme.
*Un temps.*
À l'époque, j'avais une excuse : j'étais amoureuse.
Peut-être plus que toi tu ne l'étais de moi.
Peut-être pas après tout.
En fait, on s'aimait différemment.
Et puis…
Et puis, l'amour n'est pas quelque chose de palpable, quelque chose qu'on peut soupeser.
Il se mesure aux actes, à ce que l'on donne à l'autre.

*Un temps.*
*Et comme pour se rassurer.*
Matériellement, je ne manquais de rien.
Pour le reste…

*Au cadre.*
J'étais comme toi là-dedans, toi dans ce magnifique cadre…
Protégée, à l'abri mais… Mais un peu serrée.
*Elle ôte la photo du cadre et la prend contre elle.*
Voilà ! Tu es libéré de ton carcan.
Tu me comprends, toi… Je suis sûre que tu me comprends.
*Elle repose la photo.*

*Elle prend en main la photo du mariage.*
*Elle s'adresse à son ex-mari.*
Le petit est venu l'année qui a suivi notre mariage et je suis devenue une maman comblée confinée dans la sécurité que tu m'offrais généreusement.
Mais avec le temps, l'habitude et la routine se sont mis en travers de notre couple.
Chaque jour nous éloignait un peu plus l'un de l'autre.
Doucement.
Insidieusement.
Sans que je m'en aperçoive.
Ou alors je n'ai pas voulu voir.

*Un temps.*

*En colère.*
Mais toi aussi, bon sang, tu aurais pu te rendre compte que notre couple partait en vrille... Pourquoi tu n'as pas réagi ?

*Changement de ton.*
C'est vrai, tu avais ton travail. Tu étais trop occupé. Tu n'avais pas le temps de me regarder vivre. De nous regarder vivre.
*Un temps.*
Une fois que notre fils a grandi, qu'il a pris son envol, son indépendance, j'ai ressenti un vide.
Et toi, tu étais loin, si loin.
Pourtant nous habitions la même maison, nous dormions dans le même lit, nous mangions à la même table, nous fréquentions les mêmes amis.
*Un temps.*
Nous marchions sur deux lignes parallèles.
Deux lignes parallèles ne se rejoignent jamais, c'est bien connu à moins... À moins que chacune s'approche de l'autre jusqu'à se confondre et n'en faire qu'une.
J'espérais que tu fasses un pas de côté.
Tu ne l'as pas fait.
Peut-être attendais-tu que ce soit moi qui fasse ce pas ?

Il aurait suffi d'un rien pour que nous nous retrouvions.
Je n'en avais plus l'envie.
Au lieu de hurler un S.O.S, je n'ai fait que le murmurer.
*Un temps.*

C'est à cette époque que j'ai commencé à avoir mal partout.
Mon corps disait « STOP ».
*On sent qu'elle était en souffrance*
J'avais mal.
J'avais mal au ventre.
À la tête
Au cœur.
Au dos.
Quand on a mal partout, on dépérit, on n'a plus envie de rien.
Ma vie n'avait plus de sens.
Je n'en voulais plus de cette vie.
J'en avais assez de me mentir.
Et aussi de te mentir, de te laisser croire que tout allait bien entre nous.
J'en avais marre de vivre dans l'illusion.

*Elle regarde la photo du petit-fils et comme un secret :*
Quand on discutait, on ne se parlait plus l'un à l'autre, on parlait l'un sur l'autre.

On se critiquait en permanence soit ouvertement soit en silence.
Et surtout on ne s'écoutait plus.

*Elle prend en main la photo du mariage et s'adresse à son ex-mari.*
On a fini pas arrêter de se parler, toi et moi.
C'est comme ça qu'on est devenus muets…
Sourds.
Aveugles.
Aveugles aux changements qui s'opéraient en nous.

*Elle se souvient.*
Un jour, j'ai échangé sur un forum, j'ai rencontré virtuellement des femmes animées par ce même désir qui me dévorait.
Elles m'ont raconté leur vie, je les ai écoutées.
J'ai raconté la mienne, elles m'ont écoutée.
J'ai réappris à entendre et à parler.
Et j'ai réalisé que la femme qui hibernait en moi se réveillait et qu'elle voulait décider de sa vie.
Seule !
Et je suis partie.
Non pas pour rejoindre un homme, non, simplement pour découvrir.
Découvrir quoi ?
Découvrir qui ?
*Un temps.*

Je l'ignorais.

J'étais dans l'attente.

Dans l'attente d'une vibration, d'un émerveillement, d'une surprise, en quête de l'extraordinaire.

*Un temps.*

Ma vie était en suspens.

J'étais perdue au milieu d'avant et d'après.

Soit je faisais marche arrière, soit j'avançais.

C'est bête à dire mais c'est la vérité, je devenais une enfant hésitante qui faisait ses premiers pas.

*Un temps.*

J'ai choisi d'avancer.

*Un temps.*

*Soupir.*

*À la photo du petit-fils.*

Certains parleront d'un acte de courage.

D'autres, de lâcheté.

D'autres encore, d'inconscience.

Ce sont ces termes-là qu'on emploie quand on évoque le suicide.

La différence c'est que dans le cas d'un suicide, tu meurs.

Tu n'existes plus que pour certains et uniquement dans leurs souvenirs.

*À la photo du mariage.*
J'ai renoncé à cette vie pour renaître à une autre.
J'ai trahi notre consentement mutuel.
Ce oui que j'avais prononcé persuadée que notre amour serait éternel, intouchable, indestructible.
Convaincue qu'il braverait tous les obstacles.
Ça a été le cas un moment et puis…
Et puis c'est comme cette photo.
Avec le temps, tout s'abime.

*À la photo du petit-fils.*
J'étais bien vivante et je comptais le rester.
Je suis montée à Paris.
*Un temps.*

Si seulement ton papa pouvait m'entendre…
M'écouter.
Et comprendre.

*Le téléphone sonne. Elle décroche.*

**LA MÈRE**
Ah c'est toi, Catherine.

**CATHERINE** *(voix off)*
Tu vas bien ?

**LA MÈRE**
Mais oui je vais bien pourquoi ?

**CATHERINE** *(voix off)*
Comme aujourd'hui, c'est la fête des mères, j'ai pensé que...

**LA MÈRE**
Ah bon, c'est la fête des « mères » aujourd'hui ?
J'avais complètement oublié.

**CATHERINE** *(voix off)*
Il n'est pas venu. C'est ça ?

**LA MÈRE**
*Agacée.*
Ni venu, ni téléphoné, pas de nouvelles
Et je m'en fiche.
Écoute, je te laisse, j'ai un rôti dans le four.
On se voit bientôt. Je t'embrasse.
*Elle raccroche violemment.*

*À son fils en le cherchant dans l'espace.*
Ce n'est pas vrai que je m'en fiche.
Ce n'est pas vrai.
*Un temps, très triste.*
*Revirement : très en colère.*
D'abord en quoi ça la regarde ?
Je n'aurais jamais dû lui faire des confidences.

Tant mieux pour elle si ses enfants la bichonne mais qu'elle me fiche la paix.
Elle remue le couteau dans la plaie à chaque fois qu'elle me parle de ses enfants :
« Mon fils par ci, ma fille par là ! »…
« Ah, je t'ai pas dit, ça y est, ma petite-fille marche à quatre pattes »…
Franchement qu'est-ce que j'en ai à faire qu'elle marche à quatre pattes, sur deux pieds ou sur la tête !
Et toutes ces vidéos qu'elle m'envoie !… D'ailleurs je les efface avant de les regarder. Pff !
*Un temps.*
Non, ce n'est pas vrai.
Je les regarde.
Toutes.
*En colère.*
Mais à chaque fois, elles me brisent le cœur.

*À la photo du fils.*
En plus Catherine se permet de te juger ! Toi ! Toi, qu'elle ne connaît pas !
Mais de quel droit ?
Elle fait partie de tous ces gens qui disent de t'oublier.
Tu imagines !
Faire comme si tu n'existais pas !

Comme si tu n'avais jamais existé !
Comment peut-on conseiller ça ?
Faut-il ne pas avoir de cœur !
Si tous ces gens bien intentionnés, les donneurs de leçons étaient à ma place, qu'est-ce qu'ils feraient ?
Hein ? Dis-moi ! Qu'est-ce qu'ils feraient ?
Parce que c'est facile de prodiguer des conseils mais tant qu'on n'est pas confronté soi-même à ce que vit l'autre, on ne peut pas se mettre à sa place.
Maintenant, c'est bien simple, je ne parle de toi à plus personne ou alors je mens…
J'invente…
Du coup tu prends vie dans mon imaginaire et tu prends encore plus de place dans ma tête.
Je ne leur en veux pas, ils ne peuvent pas comprendre.
Ils ne comprendront jamais.
Le mieux, c'est de se taire.
*Un temps.*
Oh, si tu savais… Toute la peine que…

**LE FILS** *(voix off)*
Pourquoi tu es partie sans me dire au revoir ?

*Elle tourne dans la pièce, affolée.*

**LA MÈRE**
Où es-tu ? Montre-toi ? Où es-tu ?
Tu ne réponds pas.
*Un temps de reprise.*
Après mon départ, j'ai essayé de te contacter.
Mais tu m'avais supprimée de tes contacts téléphoniques et mails.
J'ai frappé à ta porte, tu ne m'as pas ouvert. Je suis revenue le lendemain et le surlendemain et après… jusqu'au jour où tu as déménagé. Tu as disparu comme ça. D'un coup.

**LE FILS** *(voix off)*
Comme toi.

**LA MÈRE**
Non ! Puisque je te cherchais. J'ai même demandé à ton père ta nouvelle adresse, il a refusé de me la donner.

**LE FILS** *(voix off)*
C'est moi qui n'ai pas voulu qu'il te la donne.

**LA MÈRE**
Mais pourquoi ?

**LE FILS** *(voix off)*
Tu croyais quoi ?
Que j'allais faire comme si de rien n'était.

**LA MÈRE**
J'avais besoin de recul.
J'étais mal, très mal.

**LE FILS** *(voix off)*
Et moi, j'étais comment à ton avis ?

**LA MÈRE**
Je t'ai écrit une lettre. J'ai demandé à ton père de te la transmettre. Il ne l'a pas fait ?

**LE FILS** *(voix off)*
Si. Il me l'a donnée et je l'ai déchirée sans la lire.

**LA MÈRE**
Mais pourquoi ? Pourquoi ? Je t'expliquais mon départ.

**LE FILS** *(voix off)*
Tu es partie, c'est tout ce que je retiens.

**LA MÈRE**
Et tu n'as pas cherché à comprendre.

**LE FILS** *(voix off)*
Il fallait m'expliquer en face.

**LA MÈRE**
Tu aurais essayé de me retenir.
Je craignais de céder et de rester.

**LE FILS** *(voix off)*
Tu as été lâche.
Partir sans un au-revoir !
Je t'ai haï !

**LA MÈRE**
*Calmement.*
Et tu as encore de la colère en toi.
*En colère.*
Alors vas-y ! Exprime-la !
Fais-la sortir de toi !
Reconnais que tu souffres de ne plus me voir et que ça entretient ta colère.
*Un temps.*
*Radoucie, le cherchant.*
Tu ne dis plus rien, je ne t'entends plus.
*Un temps.*
Je suis passée par là…
La colère, je connais aussi.

**LE FILS** *(voix off)*
Les rôles sont inversés, tu ne crois pas ?

**LA MÈRE**
Non.
J'étais en colère contre toi parce que tu n'avais pas le droit de me priver de te voir.
Pendant toutes ces années, ces vingt longues années, il n'y a pas un jour où je n'ai pensé à toi… À chacun de tes anniversaires, à chaque fête des mamans.
Tu étais absent et pourtant tu étais là. *(montre son cœur)*

*Elle se lève, ouvre un tiroir et sort un papier.*
Tu vois, je l'ai gardé, ce poème écrit de ta petite main d'enfant et que tu m'as récité un jour.
*Elle commence à lire le poème.*
Ouvre grand
La fenêtre, maman.
Chut !
*Elle continue de mémoire en fermant les yeux.*
Écoute le vent qui t'apporte
Des milliers de je t'aime
Chut !
Écoute le vent
Comme un jour de printemps
Il t'apporte un baiser
Celui de ton enfant
*Elle ouvre les yeux.*
Bonne fête, maman !
*Un temps.*

Et dans ma boite à bijou, il y a un collier particulier, un collier fait avec des nouilles…
Des nouilles de toutes les couleurs…
*Comme pour le défier.*
Tous ces souvenirs, jamais tu ne pourras me les enlever.
Jamais !
Personne ne pourra me les ôter.
Parce qu'ils font partie de moi, ils sont gravés dans ma tête, dans mon cœur, dans mes tripes.
Et personne ne peut m'empêcher de faire revivre ces souvenirs quand je le décide.
*Un temps puis radoucie.*
Comme aujourd'hui.
Mais tu as raison, la colère était aussi dirigée contre moi.
Je n'ai jamais regretté d'être partie mais du remord, oui, j'en ai eu… Oh oui !
J'ai beaucoup pleuré, beaucoup…
Quand ces deux colères sont passées, je t'ai pardonné et… Et je « me » suis pardonnée.

**LE FILS** *(voix off)*
Trop drôle ! Tu « te » pardonnes.

**LA MÈRE**
Oui. Et toi aussi tu devrais te pardonner.
Et tu sais pourquoi ?

**LE FILS** *(voix off)*
Je serais curieux de le savoir.

**LA MÈRE**
Parce que notre relation, à nous deux, n'a rien à voir là-dedans.

**LE FILS** *(voix off)*
Tu as cassé l'idée que je me faisais de la famille, de l'amour, du couple. Tu as broyé mes idéaux.

**LA MÈRE**
Je te le redis, tu te trompes d'histoire, ce n'était pas notre histoire à toi et à moi, mais celle de ton père et moi, celle de notre couple. Et c'était à nous de décider d'y mettre un terme ou non.

**LE FILS** *(voix off)*
C'est toi qui l'as décidé. Pas lui !

**LA MÈRE**
C'est vrai. C'est moi.
J'ai quitté ton père mais toi, je ne t'ai pas quitté.

*Du bruit dans les escaliers. Elle se tait. Écoute.*
*Elle y croit et refait les mêmes gestes qu'au début devant la glace quand le voisin a sonné.*
*Les pas s'arrêtent. Elle s'apprête à ouvrir.*
*Les pas reprennent leur marche.*

**LA MÈRE**
Non.
Ce n'est pas toi.
Pas encore.
Cette absence qui s'allonge… Qui s'allonge…
Quand reviendras-tu ?

*En à capela : le refrain (Chanson de Barbara)*
Dis, quand reviendras-tu ?
Dis, au moins le sais-tu ?
Que tout le temps qui passe ne se rattrape guère
Que tout le temps perdu
Ne se rattrape plus

*Puis cherchant le fils comme une prière.*
Construisons au lieu de détruire.

**LE FILS** *(voix off)*
Détruire ! C'est toi qui as détruit. Pas moi !

**LA MÈRE**
Il ne faut pas croire que c'était une décision prise à la légère, un truc comme ça…
Un matin tu te lèves et tu te dis :
« Ah tiens ! Et si aujourd'hui, je claquais la porte pour aller ailleurs ? »…
Ah non, non, non, non, ça ne se passe pas comme ça…

C'est un long processus de détachement qui se met en place…
Les questions fusent.
On cherche à comprendre le pourquoi et le comment.
Pourquoi on ne se retrouve plus dans cette vie ?
Comment on en est arrivé là ?
On pose sur une feuille de papier le « pour » et le « contre ».
*Un temps.*
On fait le bilan.
Et quand il y a autant de pour que de contre, on n'est pas plus avancé.
On en conclut qu'il y a de quoi améliorer sa vie.
Mais on ne peut s'empêcher de constater qu'on n'est pas si mal finalement.
C'est vrai ça, quand on ouvre les yeux autour de soi et au-delà, quand on regarde plus loin que sa petite personne, on est bien obligé d'admettre que la vie qui est la nôtre est belle comparée à d'autres.
On s'en persuade.
Et on fait du surplace.
*Un temps.*
Et puis certains éléments retiennent…
D'abord il y a la famille, les amis…
La peur d'être jugé…

Et puis les biens matériaux qu'il faut laisser, sortir de sa zone de confort, se mettre dans la tête qu'il ne faudra compter que sur soi.

Il faut dire adieu à un passé mais aussi à un avenir commun.

Dire adieu à un avenir qu'on a imaginé à deux.

Quitter l'autre qui a fait partie de notre vie pendant toutes ces années.

Ça cogite là *(la tête)*.

On sait ce que l'on a mais on ne connait pas ce qui nous attend.

Parier sur un futur meilleur reste hypothétique.

*Un temps.*

Et il faut s'accrocher pour ne pas reculer.

L'incertitude fait peur.

On a peur de ne pas y arriver.

Il y a tant d'hommes et de femmes livrés à la rue qui étaient pourtant promis à un avenir brillant.

Et si j'allais subir le même sort ?... qu'on se dit.

Est-ce que je vais finir comme eux ?... moi aussi.

Un jour, on avance de trois pas.

Le lendemain on recule de cinq.

*Un temps.*

Et puis…

Et puis, il y a « le » déclic.

Ce petit quelque chose qui fait que cette vie-là va basculer…

Il peut tenir à un mot, à une image, à un film qu'on a vu, à un livre qu'on a lu.
Et le désir de partir monte, monte…
Monte comme le lait monte dans la casserole et le trop plein déborde et déborde…
Et là c'est trop tard.
La décision est prise, on n'y revient pas.
Et on n'y reviendra plus.
*Un temps.*
On ne « veut » pas partir.
On « doit » partir.
C'est comme ça.
Et on ne pense plus aux autres.
À ceux à qui on fera mal.
On ne pense qu'à soi.
*Un temps.*
Egoïstement.
*Un temps.*
On occulte les peurs, les doutes, les questions, on balaye tout ça et on fonce, droit devant, sans se retourner.
On s'en fiche des autres.
De ce qu'ils diront, de ce qu'ils penseront, on avance.
On veut y croire.
On veut croire qu'on sera capable d'affronter les problèmes, capable de gérer une vie dont on ne connaît rien encore.
On veut écrire une nouvelle page.

Se prouver qu'on est aussi une personne importante, que nos besoins sont importants aussi pour nous et qu'il faut à tout prix les satisfaire.
Il n'y a que ça qui compte.
Le « Je » prend toute la place.
La révolution intérieure est en marche.
*Un temps.*
Je dois reconnaître qu'on ne marche pas seul.
Le courage nous tient la main, à moins que ce ne soit la lâcheté ou l'inconscience, je te laisse juge, mais ce qu'on ne peut nier c'est que quelle que soit cette main qui nous guide, eh bien, elle nous retient si on tente de rebrousser chemin.
On n'écoute plus cette petite voix… Là… Celle qui est en dedans de chacun… Cette petite voix qui souffle : « Ne fais pas ça ! Reste ! ».
Même si elle augmente le son, on ne l'entend plus. À cet instant rien ne peut nous arrêter.

*À elle-même.*
Et on dit à celui qu'on a aimé… On lui dit avec la plus grande indifférence, avec une froideur qui nous étonne…
On lui dit : « Je pars parce que je ne t'aime plus ».
On ose.
Pour la première fois, on ose.
On ose en le regardant droit dans les yeux.

*À la photo du petit-fils.*
Je n'ai pas fait exception, j'ai osé dire à ton grand-père que je ne l'aimais plus.
Je revois maintenant ses yeux… Des yeux tristes… D'une infinie tristesse…
Mais à l'époque, je ne parvenais plus à lire quoique ce soit dans ses yeux.

*À son fils en regardant partout et avec colère.*
Tu entends !
Tu entends, je m'éteignais doucement.
Comme cette bougie.
Et j'ai revendiqué le droit de vivre…
Encore !
D'exister !
Différemment.
Ne pas composer juste pour paraître.
Je voulais « être ».
Est-ce que tu m'écoutes ?
Est-ce que tu m'entendras un jour ?
*Un temps.*
*Puis calmée :*
Ton silence est pesant.
Si pesant…

*À la photo du petit-fils :*
Et pourtant, je continue d'espérer.
Encore !

*En regardant autour d'elle et s'adressant à son fils.*
Tu ne m'as pas oubliée et même si tu ne me souhaites pas la fête des… « mamans », je sais, oui je sais, que tu penses à moi.
L'amour que tu me portais, il est dans ton cœur en latence.
Un jour, il se réveillera.

*À la photo de son ex-mari.*
Après toi, j'ai rencontré quelques hommes et d'autres épisodes se sont greffés sur ma vie.
Dont tu étais exclu… désormais.
J'ai lu dans d'autres yeux ce qu'il manquait dans les tiens et les miens ont recommencé à briller.
Mais attention, mon but n'était pas de me lier, de me « caser » comme certains diraient.
Avant toute nouvelle relation, je m'assurais que ces hommes étaient bien mariés.

*Au public.*
Pardon Madame et vous Madame si j'ai couché avec votre mari mais ce n'était qu'un emprunt.
Je vous les ai rendus en bon état.
Parce que, moi…
J'ai un principe…
Je prends toujours soin de ce qui ne m'appartient pas.

*Un temps. À elle-même, se souvenant.*
Et il y a eu cet homme qui m'a aidée à prendre confiance.
Il m'a appris à ne plus douter de moi.
À estimer la personne que je suis.
Quand quelqu'un croit en vous, il vous donne des ailes, il fait de vous une personne différente, une personne en harmonie avec elle-même.
*Un temps.*
La magie s'opérait, le bonheur était là alors je l'ai saisi à bout de bras mais quand on est heureux on ne pense pas que ça peut s'arrêter.
Notre bonheur partagé a connu l'intensité de l'éphémère.
La mort m'a arraché cet homme et je suis restée à nouveau…
Seule.
Face à moi-même.

*Au fils.*
C'était un homme bien. Un écrivain.
Il m'a fait partager sa passion et m'a encouragée à écrire. J'ai inventé des histoires comme au temps où tu étais petit.
Un jour… Qui sait ?...
Un jour, trouverai-je en moi la force de t'écrire pour te raconter tout ça.
Et tu liras mes mots quand tu seras prêt.

*Avec douceur.*
Je me demande parfois si le jour où tu es devenu parent à ton tour, tu as pensé à nous, à ton père et à moi. Est-ce qu'un instant, un tout petit instant, tu as songé à ta maman qui t'attendait et qui t'attend ?

*À la photo du petit-fils.*
Lui as-tu posé cette question :
*(Une voix d'enfant)* « Dis, papa, est-ce que tu as aussi une maman ? »
*Un temps.*
Oui, bien sûr, tu la lui as posée.
Que t'a-t-il répondu ?
Que j'étais loin ?
À l'autre bout de la terre ?
Que j'étais morte ?
Que je faisais du mal aux enfants ?
*Un temps de reprise.*
*Avec des sanglots dans la voix mais pas de pleurs.*
Je préférerais qu'il t'ait dit que j'étais morte.
Tu aurais pu m'imaginer.
Tu m'aurais donné vie, tu te serais confié à moi, j'aurais été une écoute, une approbation, un réconfort, une alliée, une complice.
Tu m'aurais raconté tes joies et tes peines.
J'aurais été un fantôme mais un fantôme que tu aurais aimé.

*Elle regarde la photo du petit-fils avec amour en souriant.*
*Puis, elle sourcille.*
Quoi ?
Qu'est ce que tu cherches à me dire ?
Je lis des reproches dans tes yeux…
*Un temps d'interrogation.*
Ah oui, oui, tu me demandes pourquoi je ne me suis pas battue pour te connaître.
Tu m'en veux.
Je sens que tu m'en veux.
J'avais la possibilité de faire appel à un juge, oui c'est vrai et je vais te dire pourquoi je m'en suis abstenue.
Écoute-moi !
*Elle prend en main la photo du petit-fils.*
Porter nos différends devant un tribunal revenait à t'imposer une souffrance.
Tu aurais été pris en otage, tiraillé entre deux camps.
C'est dur d'être l'enfant qu'on s'arrache.
Ton papa nous a imposé une punition affective à toi et à moi.
Tant que tu pensais que je n'existais pas, je ne te manquais pas.
Et même si c'était douloureux pour moi de ne pas te connaître, il valait mieux que je reste dans l'ombre.

*Elle repose la photo.*
*Un temps.*
Mais surtout… Surtout…
Ne juge pas ton papa.
Il ne se rendait pas compte qu'en me privant de toi, il te punissait aussi.
Ne lui en veut pas.
Il ne se rendait pas compte.
Il se peut que maintenant il culpabilise d'avoir agit sur le coup de la colère et qu'il s'imagine…
À tort…
Oui, à tort…
Qu'il est trop tard.

*À elle-même.*
La culpabilité est venue aussi m'habiter, je me disais que j'étais une mère indigne, et que tout était de ma faute, uniquement de la mienne.
Je réduisais ma vie à un échec.
Avec le temps, j'ai arrêté de culpabiliser, parce que mon rôle de maman, je l'ai rempli avec amour.
Je n'avais rien à me reprocher.
Et je n'ai, aujourd'hui, rien à me reprocher.

*Elle se lève. Regarde autour d'elle, cherche son fils.*
Et toi, c'est pareil…
Je te le demande… Je t'en supplie…

Dépasse le stade du pardon et avance…
Avance vers moi…
*Un temps.*
Tu as été un bon fils, un enfant qui m'a donné du bonheur, des joies, de l'amour, tu n'as rien à te reprocher...
Et tu n'as rien à me reprocher.
Est-ce que tu m'entends ?
Réponds ! Réponds-moi !

*Changement de ton.*
Le jour où tu frapperas à ma porte, je t'accueillerai les bras grands ouverts.
Je ne te demanderai aucune explication.
Aucune justification…
Rien…
Et j'espère que tu ne m'en demanderas pas non plus.
Nous nous retrouverons.
Et tu arrêteras de me fuir.
Et c'est tout.
Et la vie reprendra son cours.
Nous imiterons la rivière qui coule toujours dans le même sens.
Nous ne reviendrons pas sur le passé.

*Un temps pendant que la clarté diminue.*
*La mère se lève, ferme le volet, allume la lumière.*

## LA MÈRE

La nuit est tombée.
Tu n'es pas venu.
Tu ne viendras pas.
Pas cette année.
*Elle place le plateau apéritif et une bouteille au milieu de la table et la photo du fils debout à sa gauche entre un verre et une assiette à la place qu'elle lui avait réservée.*
C'est là que je place ta photo chaque année. Et chaque année, tu es tout près de moi.
*Elle case la photo du petit-fils entre un verre et une assiette à droite.*
Aujourd'hui, tu es là toi aussi.
Pendant dix-huit ans, c'était cette peluche, qui était à la place de cette photo.
Ton visage me met du baume au cœur.

*Elle se sert à boire, lève son verre.*
À votre présent !
À votre futur !
À votre bonheur !

*Elle les regarde tour à tour.*
*À la photo du fils :* Je t'aime.
*À la photo du petit-fils :* Je t'aime

*Un temps.*

L'an prochain, je dresserai cette même table et…
Peut-être...
Peut-être serez-vous là, tous les deux…
Peut-être l'an prochain…
Peut-être l'année d'après…
Peut-être la suivante…
*Un temps.*
*Le téléphone sonne.*
*Elle regarde l'appel.*
Non, je n'irai pas chercher sa rose !
*Elle laisse sonner.*
*Deuxième sonnerie.*
Non ! Je ne décrocherai pas.
*Elle coupe son téléphone.*
*Et commence à manger.*
*Puis sonnerie à la porte.*
Ce n'est quand même pas elle !
Elle n'a pas eu le culot de venir jusqu'ici !

**MARYSE** *(voix off)*
C'est moi ! Ouvrez !

**LA MÈRE** *(en aparté)*
Eh bien oui, c'est bien elle !

**MARYSE** *(voix off)*
Ouvrez ! C'est moi. Maryse !

**LA MÈRE** *(en aparté)*
Comme si je ne l'avais pas reconnue.

**MARYSE** *(voix off)*
Ouvrez-moi !

**LA MÈRE**
*En aparté.* Non ! Je n'ouvrirai pas.
*Elle éteint la lumière.*

**MARYSE** *(voix off)*
Pas la peine d'éteindre, j'ai vu de la lumière sous votre porte. Je sais que vous êtes là.

**LA MÈRE**
Qu'est-ce que vous voulez ?

**MARYSE** *(voix off) (joyeuse)*
Ouvrez-moi et vous saurez.

**LA MÈRE**
*(en aparté)* Je n'en veux pas de ses fleurs !
*(radoucie)* C'est gentil mais gardez vos fleurs. Laissez-moi seule !

**MARYSE** *(voix off)*
Ouvrez-moi ! Allez, ouvrez !

**LA MÈRE**
*(en aparté en soupirant)* À quoi bon...
*Elle rallume la lumière, sort.*

**MARYSE** *(voix off)*
Ils étaient en bas, ils vous cherchaient.
Je les ai fait monter.

**LE FILS** *(voix off)*
Maman !

**MARYSE** *(voix off)*
Aujourd'hui, c'est votre fête ! À vous aussi.
*On l'entend descendre les escaliers.*

*La mère entre à reculons, lentement en regardant droit devant elle. Elle serre dans l'un de ses bras un bouquet de roses blanches toutes fraîches et elle tend l'autre bras en avant, invitant (on le devine) son fils et son petit-fils à entrer.*

**LA MÈRE**
Venez... Venez !
Entrez...
Nous avons du temps perdu à rattraper...

*Pudiquement, le rideau se ferme sur les pas de la mère.*

**RIDEAU**

La pièce fait partie du répertoire de la Société des Auteurs et Compositeurs Dramatiques (S.A.C.D.)
11, rue Ballu 75442 Paris Cedex 09
Elle ne peut être jouée sans son autorisation.

Pour en faire la demande : Tél 01 40 23 44 44
OU sur le site : https://www.sacd.fr/


Ou directement en contactant l'autrice :
genevieve.steinling@gmail.com

# Bibliographie

## Comédies
- Ma fleur se meurt *(1 F - 2 H)*
- Le collier de la mariée *(3 F - 1 H)*
- J'ai épousé ma liberté *(2 F - 2 H)*
- La vie qui file *(2 F - 2 H)*
- Une inconnue dans la glace *(3 F - 1 H)*

## Romans et nouvelles
- Un jour nouveau se lève à l'horizon *(roman)*
- Frissons sur la toile *(roman)*
- Histoires d'amour, de folie et de mort *(recueil de nouvelles)*
- La poupée qui chantait et autres histoires fantastiques.

## Théâtre jeunesse
- Ado c'est mieux *(dès 8 ans)*
- Au pays des enfants *(dès 6 ans)*
- Au secours la terre est malade *(dès 6 ans)*
- Par le petit bout de la lorgnette *(dès 8 ans)*
- Les jouets se font la malle *(dès 6 ans)*
- Aglaé la sorcière *(dès 8 ans)*

## Roman jeunesse
Malicia, la sorcière au poil *(à partir de 7/8 ans)*

---

genevieve.steinling@gmail.com
Site : https://genevieve-steinling.com/